阿猫和阿狗

〔捷克〕约瑟夫·恰佩克 著

苏迪 译

人民文学出版社
PEOPLE'S LITERATURE PUBLISHING HOUSE

图书在版编目（CIP）数据

阿猫和阿狗／（捷克）约瑟夫·恰佩克著；苏迪译．
—北京：人民文学出版社，2016
（猫之物语）
ISBN 978-7-02-011865-6

Ⅰ．①阿… Ⅱ．①约… ②苏… Ⅲ．①短篇小说－小说集－捷克－现代 Ⅳ．①I524.45

中国版本图书馆CIP数据核字（2016）第157621号

责任编辑 朱卫净 尚 飞
装帧设计 李 佳

出版发行 人民文学出版社
社　　址 北京市朝内大街166号
邮政编码 100705
网　　址 http://www.rw-cn.com

印　　刷 上海利丰雅高印刷有限公司
经　　销 全国新华书店等

字　　数 60千字
开　　本 850毫米×1168毫米 1/32
印　　张 4.125
版　　次 2016年10月北京第1版
印　　次 2016年10月第1次印刷

书　　号 978-7-02-011865-6
定　　价 30.00元

目 录 Contents

阿猫和阿狗清洁地板

那时候，阿猫和阿狗还一起住在森林边上的小屋里，他们想做大人做的事情。但他们时常做不好，因为他们的手脚不够灵活，不像人类一样有手指,只有小肉垫和肉垫上面的爪子。所以有些人类能做的事情他们不能做。他们也不上学，因为学校不是为动物开的！不是吗?学校是为小朋友们开的！

这就是为什么他们的家看上去很古怪。一些事情他们做得很好，另一些，他们却做不了。

一天，他们发现他们家的地板很脏。

“你瞧，”阿猫说，“地板有点儿脏。”“我也觉得地板确实很脏，”阿狗回答，“看着点，它太脏了，会弄脏我们的爪子。”“是的，你的爪子真恶心，”阿猫回答，“哎哟！太可耻了！我们得清洁一下。人类的地板可没那么脏，因为他们经常清洁。”“好吧，”阿狗说，“但我们该怎么清洁呢？”“很简单，”阿猫说，“你，去取水，我来负责其他事情。”阿狗拿着一口平底锅去取水了，阿猫从她的箱子里找出一块肥皂放在桌子上。然后她钻进了食品储藏室，她大概在里面藏了一块烟熏老鼠肉。这时候,阿狗端着水回来了,他看到桌子上有东西，就拆开了它。那个东西是粉色的。“哇！有好吃的！”阿狗自言自语道。他很饿，就把整个东西塞进嘴里嚼了起来。

但那个东西并不好吃。正好阿猫回来，她听到阿狗在打嗝，就去瞧了瞧，发现阿狗满嘴都是泡泡，满脸都是眼泪。“天啊！”阿猫惊叫，“怎么了？你病了？你在吐泡泡！”“哦，”阿狗回答，“我看到桌子上有东西，心想那一定是一块奶酪或者饼干，当时我很饿，所以就把它吃了。但是它很苦，还弄得我满嘴都是泡泡。”“笨蛋！”阿猫生气地说，“那是块肥皂！肥皂！拿来清洁的，不是拿来吃的！”“是吗？”阿狗说，“怪不得那么苦。呸，呸，太

苦了，太苦了！”“多喝水！”阿猫建议，“喝水就不苦了。”阿狗喝下了满满一锅水。不苦了，但还是有很多泡泡从他嘴里溢出来。于是他跑去草丛里洗脸，他还得重新取水，因为他把水喝光了。阿猫有几块钱，她重新去买一块肥皂。

“我不吃了，”当阿猫带着肥皂回来的时候，阿狗保证，“但我们该怎么用它呢？我们连刷子都没有！”“我想好了，”阿猫说，“你的毛不就像刷毛一样又尖又硬吗？所以你就是清洗地板用的那个刷子！”“好吧，”阿狗说。阿猫拿着肥皂和那锅水跪在地上，把阿狗当成刷子抓在手里，用阿狗刷起了地板。地板很湿，而且并没有变得很干净。

“我们还得用抹布擦干，”阿猫说。“你看！”阿狗说，“我已经湿透了，但是你很干，而且你的毛就像毛巾一样柔软！所以轮到你了！你就是擦地板用的那个抹布！”他抓起阿猫，用她擦了所有的地板。现在地板干净了，但阿狗和阿猫都湿透了、脏透了，因为阿猫把阿狗当

成刷子清洗了地板，阿狗也把阿猫当成抹布擦干了地板。

“嗯，我们看上去漂亮极了！”他们瞧着对方说，“地板干净了，我们却脏了！不能这样，别人会取笑我们的！我们得洗一洗！”“我们要像洗衣服一样洗一下自己，”阿狗说，“你先帮我洗，把我洗干净之后，我再帮你洗。”“好，”阿猫说。

他们准备了一桶水和一块搓板。阿狗躺进了水里，阿猫开始清洗阿狗。阿猫把阿狗放在了搓衣板上，她搓得很用力，阿狗让她轻一点，不然就挠她。阿狗洗干净之后，就轮到阿猫了，阿猫小心翼翼地躺进了水里，阿狗开始清洗阿猫。他也搓得很用力，阿猫让他别那么用力，不然就在他身上钻一个窟窿。然后，阿狗拧干了阿猫，阿猫拧干了阿狗。

“现在，晒干，”阿猫说。他们系了一根晾衣绳。“你先把我挂上去，我上去之后，再把你拉上去，”阿猫说。阿狗抱起了阿猫，像

晾衣服一样把阿猫挂在了绳子上。他们连夹子都不需要，因为他们的小爪子很容易挂住。阿猫挂好之后，俯身抓起阿狗，也把他挂在了绳子上。

于是，他们两个都被挂在了太阳底下。“阳光灿烂，我们很快就会干的！”阿狗说。刚说完，天空飘起了雨。“下雨啦，”阿狗、阿猫尖叫，“衣服要被淋湿啦！快收衣服！”他们跳下晾衣绳，马上躲回了家。“还在下吗？”阿猫问。“已经停了，”阿狗说，“太阳又出来了。”“那么继续晾衣服！”阿猫说。他们又走到绳子前，然后挂了上去：首先，阿狗把阿猫挂在了绳子上，阿猫挂好之后，再把阿狗拉了上去。于是他们两个又重新像衣服一样被挂好了，他们高兴地认为，阳光灿烂，衣服很快就会干！但天空又飘起了雨。“下雨啦，衣服要被淋湿啦！”阿狗、阿猫尖叫，他们又躲了起来。然后太阳重放光芒，他们又挂上了晾衣绳，然后又下雨了，他们再次逃走，然后太阳又出来了，他们再次挂

上了绳子。就这样，一直折腾到了晚上，他们发现自己已经干透了。“衣服干了！”他们欢呼，“把它们放进篮子里！”他们跳进了篮子。然后，他们困了，就在那里睡着了。他们两个都心满意足地在篮子里睡到了第二天早上。

阿狗如何处理他裤子上的破洞

那时候，阿猫和阿狗还住在一起。他们还住在他们的小屋里，那是他们生活的地方。一天，正好是复活节，他们决定出去郊游。阳光灿烂。“去森林里，”阿狗说，“太阳那么好，不去森林里我们去哪儿？”

“那就去森林里，”阿猫说，“只可惜，我没有阳伞。在森林里，撑一顶阳伞才优雅！一只猫撑着一顶阳伞，人们肯定没有见过！”

“得了吧！晒黑点又没什么不好！”阿狗说，“我觉得，过完长冬之后，你有一些苍白。所以别舔毛了，我们走！”

“我的意思是……为了这次周末郊游，我总得打扮一下，”阿猫说，“人类很注重形象。看你像什么样子！一只耳朵竖着，另一只耳朵耷拉着！耳朵摆放的位置要一样！”

阿狗竖起了耳朵，他们出发了。一边走，

他们一边讨论要在森林里做的事情。他们想要捉迷藏、过家家，玩一会儿猫捉老鼠。接着他们要睡觉、在草丛里扔骨头、抬头看一看蓝天。

路上，有一只兔子在灌木丛里看着他们。“哈哈！”他嘲笑，“有一只狗，他的耳朵一只竖着，一只横着！就像这样！”兔子模仿着阿狗的样子。的确！阿狗没注意他的耳朵，它们并没有摆放在同样的位置。“看，你被笑话了！”阿猫说。阿狗很生气，冲向灌木丛想要逮住那只兔子，但那只兔子早已经跑远了。

“可惜灌木丛里有荆棘！”阿狗说，“不然我一定能够逮住他！”“穿戴整齐之后，就别进那些荆棘丛！”阿猫说。他们继续向森林进发。路上，他们遇到了米兰和米莱娜、咪咪和小海伦娜、小维耶拉、恰佩克先生的女儿小阿莱娜、马扎内克的两个孩子小奥托和小波约娜、小卓拉，以及其他小朋友。那些小朋友都直直地看着正在郊游的阿狗和阿猫，甚至走过之后，他们还回头盯着阿狗和阿猫。突然，他

们笑了。“啊哈哈！”他们叫道，“姑娘们，快看！小伙子们，快看！这只狗的裤子上有一个破洞！他的衬衫露出来了！”

“听说我的裤子上有一个破洞，”阿狗说，“阿猫，你快看一眼，他们说的是不是真的。”阿猫检查了阿狗身上的每一个接缝。“确实，阿狗，惨了，你的裤子后面划破了，太丢脸了。”

“可能是追兔子的时候在荆棘丛里划破了！”阿狗抱怨道，“太糟糕了，复活节，裤子居然划破了！必须把它缝起来！你带线了吗？”

“没有，”阿猫回答，“但我们可以在路上捡一根线或者类似的什么东西。”

“瞧那儿！”阿狗巡视了一下四周，说，“那个东西能用吧？”阿狗和阿猫都睁大了眼睛，他们看见了一条长蚯蚓。蚯蚓拉直了身子，以为没人能够发现他。“不行！太硬了，”阿猫摸了摸蚯蚓说，“那是一支笔。”蚯蚓很害怕，他又蜷了起来。“我说能用吧！”阿狗大叫，“一支笔？胡说！那是一根线！快用它来缝我的裤子！”

阿猫用蚯蚓缝好了阿狗的裤子。“太棒了，现在没人会笑话我了，”阿狗满意地说。他们继续上路，一边讨论起了《白雪公主》和《七只乌鸦》。

当他们走路的时候，蚯蚓恢复了意识。“可我不是线呀，我是一条蚯蚓，”他自言自语道。他开始慢慢地从裤子上挣脱。这并不容易，因为阿猫把他缠得很紧。他好不容易抽出了一半身子。“哎哎！我可是蚯蚓，”他说，“我挣脱之后，他们就知道了。”

这时候，有一只母鸡经过，她看到了阿狗裤子上的蚯蚓。“等一等，”母鸡对阿狗说，“你这儿有……”她一边说一边啄蚯蚓，把他从裤子上扯下来，吞了下去。“一条蚯蚓，我想，就是他在你的裤子上打了这个洞。我以前可没见过蚯蚓会咬裤子。难以置信，如今的世道真险恶！不过，现在他已经完了：我把他吃了，我们不用再烦了！”

阿猫瞧了瞧阿狗，发现他的裤子又绷开了。

“不，那是缝裤子用的线，”他向母鸡嚷道，“母鸡，现在你把它吃了，我们用什么来补阿狗的裤子？”

“那不是线，很明显，那是一条蚯蚓！”母鸡回答，“我以母鸡的名义发誓！你可以看到他在那里蠕动！我认识蚯蚓，我只是想吃一条蚯蚓。至于缝裤子，裤子上有这么一个破洞，确实很丢脸！尤其今天是复活节！……我既没有针也没有线。不过，你们可以继续往前走一点，那里住着一位裁缝，也许她能帮你们缝裤子！”

于是阿狗和阿猫继续往前走，来到了裁缝家。“嗯，是的，这里有个破洞，”裁缝说，“但今天是复活节，我休息。除非……你们愿意帮我做一件小事：抓光食品储藏室里的老鼠！但不许喝我的牛奶，吃我的复活节糕点和牛肉卷！”

阿狗、阿猫保证他们会抓光老鼠，不碰食物。裁缝带他们走进了食品储藏室。老鼠很怕阿猫和阿狗，赶紧钻进了洞里。“等等，我有办法

把他们全都弄出来，”阿猫小声说，“阿狗，要看你的表现了！你在储藏室正中转圈圈，然后就看我的吧。”

阿狗在储藏室正中竭尽全力地转起了圈圈。“哇！”阿猫叫道，“太好笑了，有一只狗的裤子被划破了，他还在舞台上表演转圈圈！”老鼠很好奇，他们也想寻开心。于是钻出洞来，一边看着阿狗的裤子一边大笑。阿猫把他们全都逮住了，再也没有老鼠了。

“干得漂亮！”裁缝欢呼，然后她就去为阿狗补裤子了。“既然你们没动储藏室里的食物，我就奖励你们一些。”她各给了他们一杯牛奶和一块复活节糕点。阿狗和阿猫都很开心，然而他们就回家了。

阿狗和阿猫庆祝国庆节

阿狗和阿猫坐在他们的小屋里聊天。“阿猫，”阿狗说。“马上要到十月二十八日了，那天是捷克斯洛伐克的国庆节，但我们还没有旗子。人们说，今年国庆节是一个好日子。每家每户都要挂旗，如果我们没有，会很丢脸。”“旗子……”阿猫说，“我喜欢旗子。”“那当然，”阿狗说，“迎风飘扬的旗子很美，从下往上看，满天都是。”“从上往下看，我发誓，你也会看到满眼的旗子！”阿猫嚷道，“再也没什么事情，能比在挂满旗子的屋顶上散步更美好了。在上面散步既有益健康，又好玩。从屋顶上往下看，你会发现，满地都是旗子。”“但没人会像你一样去屋顶上散步，”阿狗对阿猫说，“比如我，我怕上屋顶，因为我会掉下去摔死。至于旗子，既然国庆节快到了，我们是得去找一面，反正也没事。”

“告诉我，阿狗，”阿猫说，“到底什么是国庆节？”

“哈哈！”阿狗嘲笑阿猫道，“你连这个大日子都不知道？你确实很无知！像小朋友一样！当他们过节看到旗子的时候，他们也会这么问！”

“哦，好吧，”阿猫说，“但他们提问的时候，他们的爸爸、妈妈会给他们解释。可是谁来给我解释？”

“嗯，”阿狗说，“但我也不是很清楚国庆节到底是什么。我们可以去问小朋友，他们会问别人：知道答案后，他们就会来告诉我们。我只知道，以前，世界不像现在这么太平，那时候有世界大战和饥荒，人们很痛苦、很不幸，因为他们的国家有一位坏国王，现在情况好了一千倍，因为战争结束了，捷克斯洛伐克有了一位好总统。我知道好几年前，正好也是十月二十八日，人们终于厌倦了战争和国王：他们停止了战争，撵走了国王。从那天起，情况就

好转了。为了纪念这一切，国庆节的时候，人们都会开心地在他们的房子上挂旗子。”

“我喜欢看到人们幸福快乐，”阿猫说，“每当我看到人们幸福快乐，我就很想打闹，就像这样。”

“我也喜欢，”阿狗说，“我们很容易就能分辨他们的心情；当他们难过的时候，我们最好躲得远一点。当他们幸福快乐的时候，他们就会变得友善，无论对人还是动物。”

“既然国庆节那天人们会变得开心、友善，那我们也的确应该挂一面旗子。”阿猫嚷道，“是该庆祝一下。虽然我说一面，但也可以是两面、三面甚至更多。可是，”阿猫一边思考一边说，“我们去哪儿搞那些旗子呢？我们这不是没有吗？”

“我已经想好了，”阿狗说，“听着，那条街有一个商人，他会送给所有带着小男孩或小女孩去那里买东西的爸爸或妈妈一面小旗。所以只要这样：我把你当作婴儿用毯子包起来，然后抱着你去那里买东西。我们不是还有一点

儿钱吗？商人会送给我们一面小旗，我们就有自己的旗子了，免费的，不错吧！”

“对！对！”阿猫高兴地大叫，“这样好！我至少可以被抱一次！”

说着，阿狗把阿猫当作婴儿用毯子包好，然后就去商人那里买东西了。他买了窗帘，付钱的时候，商人送了他的婴儿一面小旗。阿猫假装婴儿，用她的小爪子接过了小旗，她一边挥动小旗，一边发出“啦啦啦啦啦”的声音。阿狗把她抱回了家。

到家后，阿狗解开了阿猫的襁褓，阿猫沾沾自喜地说：“看！他白送了我一面漂亮的小旗！”

“我也要！”阿狗说，“我也想要小旗！现在轮到我了：你把我当作婴儿用毯子包起来，带我去商人那里买东西。这样我就有我自己的小旗了！”

说着，阿猫把假装婴儿的阿狗用毯子包好，然后就去商人那里买东西了。她买了地毯，商人将一面小旗放进了婴儿阿狗的怀里。回去的路上，阿狗一边高兴地挥动小旗，一边发出“啦啦啦啦啦”的声音。“看！”他说，“他也白送了我一面漂亮的小旗！”

“既然是白送的，”阿猫说，“我们可以多要几面！应该多要一些，尽可能地多要！现在轮到我了：我当婴儿，你带我去买东西，商人又会给我一面小旗！然后再轮到你：你当婴儿，我带你去买东西，反复这样，直到我们有很多小旗！我们不是还有一点儿钱吗？”

于是他们就这样度过了一整天。先由阿猫充当婴儿，然后再由阿狗充当，他们不停地去商人那里买东西。当他们有了足够多的小旗之后，商人又送他们小气球。最终，他们花光了所有的钱，一分都不剩。

“哈哈，好买卖！”他们得意地说，然后他们就去挂小旗和小气球。阿猫把旗子挂在了屋顶上；阿狗害怕上屋顶，他把它们挂在了窗上。他们有很多旗子和气球，他们用它们填满

了整个家，就这样，神奇的国庆节到了。“看上去真漂亮、真欢乐！”行人说。“那当然！”阿狗和阿猫回答，“今天不应该幸福快乐吗？”这时候，有一支军乐队路过，他们开始演奏了。“哟吼！十月二十八日万岁！”阿狗、阿猫大叫。小朋友们也跟着他们开心地大叫：“哟吼！国庆节万岁！”

阿狗和阿猫过圣诞

“嗯，”阿猫对阿狗说，“我跟你说一件事。”“什么事？”阿狗惊讶地问。“嗯嗯，”阿猫说，“我知道恰佩克先生要为小朋友们创作一个圣诞故事，又一个关于我们的故事。”“哇！”阿狗开心地说，“他要写我的丰功伟绩！”“当然不是！”阿猫说，“那些太无聊了。他坐在他的办公桌前苦思冥想，但到现在，他还是没有想出要写什么！他没有离开过他的办公桌，但他还是想不出！”“太糟糕了，”阿狗说，“如果他想不出什么好事，他就会写我们做过的蠢事！”“没错！”阿猫说，“所以我也有些担心。我们应该帮帮他。我担心的不是那位恰佩克先生，我担心的是那些要读故事的小朋友。”“是啊！”阿狗回答，“小朋友们一定不明白，我们为什么要让他们读那么差劲的圣诞故事！快，我们去帮帮那位先生！”“好，”阿猫赞同，“但我们也不能白干！圣诞节快到了，我们连一小块圣诞节糕点都没有；他必须给我们一点什么报答我们。”

说着，阿狗和阿猫就去找那位不知道怎么为小朋友们写圣诞故事的恰佩克先生，他们想要帮他。“有了！”路上，阿狗说，“我想到建议他写什么了！我建议他写一个故事：你是一位着了魔的公主，我是一位着了魔的王子。”“什么？着了魔的王子？”阿猫嘲笑道，“身上还有跳蚤？王子身上可没有跳蚤，狗身上才有跳蚤。”“那你也不是着了魔的公主，”阿狗说，“我刚才还看到你在挠痒痒。”“为什么不能挠？”阿猫说，“碍着你了？如果我想，我会告诉那位恰佩克先生，我是一位着了魔的公主，我的跳蚤是我着了魔的女佣。”“那我也可以说，”阿狗吹嘘道，“我身上的跳蚤是着了魔的骑士，我有一支部队。”“可是，我们不能跟他说这些，”阿猫说，“就算那位

Pouze
50
haléřů

恰佩克先生相信，小朋友们也不会相信。他们会觉得他的故事很差劲。我们得让他写一些有趣的东西，当小朋友们找我们玩的时候，对我们有好处的东西。你知道当他们过来揉搓我们的时候会对我们干什么！只要恰佩克先生把那些东西写进去，我们就会获益。”“哇，确实，”阿狗说，“有些小朋友会来折磨我，我经常不得不逃走。”

阿狗和阿猫就这样不停地讨论着，直到他们来到了恰佩克先生家。

恰佩克先生坐在他的办公桌前，手里拿着笔，没有半点思路，写不出任何东西。“天啊！”他自言自语道，“没有思路，我怎样为小朋友们创作阿狗和阿猫的故事？谁来帮帮我吧！”

这时候，有人在敲门，阿狗和阿猫来了。他们说：“恰佩克先生，我们来帮你！”

“太感谢了！”恰佩克先生高兴地说，“你们真是我的大救星！那个被称为‘编辑部’的国家由一个邪恶的食人魔统治，他的名字叫做

‘克里玛’，他深居在一个被称为‘老板办公室’的岩洞里。他给了我一项艰巨的任务：为小朋友们写一个圣诞故事。但我不知道该怎么写。我已经苦思冥想了七天七夜，但我还是不知道如何为小朋友们写故事。‘如果你写不出，’食人魔克里玛对着我咆哮，‘我就把你变成一块奶酪，你就待在办公桌前一直想到死吧，人们会在小朋友们面前数落你，没有人会给你一个铜板。’可是亲爱的阿狗、阿猫，我坐在那里半点思路都没有，幸好你们来了！你们帮我摆脱了厄运，我不用变成奶酪了。作为报答，我会给你们所有你们想要的！”

“恰佩克先生，尽管圣诞节期间什么东西都会涨价，但我们的出价很公道，”阿猫回答，“我建议你写猫有一条尾巴。”“这个我知道，”恰佩克先生惊讶地说，“然后呢？”“然后？可以写很多，亲爱的先生！猫尾巴是猫最美的装饰。假如猫长着一条牛尾巴或者马尾巴，那会怎样？如果牛和马长着一条猫尾巴，那又会怎样？但这个世界很神奇，只有猫长着猫尾巴，其他动物都没有，这就是为什么大家那么器重猫，喜欢猫。当我们躺下或者坐下的时候，我们会把尾巴漂亮地收在身边；当我们走路的时候，我们又会把尾巴优雅地翘起。如果所有人都看着它，我们会很开心。当我们发脾气的时候，我们也会十分严厉地挥动我们的尾巴，让所有人害怕。先生，对于我们来说，尾巴就是一切。”

“这些我也知道，”恰佩克先生回答，“可没人要抢你们的尾巴。反正我从来没在报纸上看到过这类报道，我每天都看报纸。”

“什么？没人要？”阿猫说，“那些拽我尾巴的小朋友呢？那个想跟我玩，于是像抓平底锅把手一样抓着我的尾巴不放的小女孩呢？其实我很痛，我真的很担心我的这条尾巴。我以猫的名义发誓，她真的拽得很用力！我认为她想要把它扯下来！首先，我喵喵叫，接着，我咪咪叫，然后，我哇哇叫，最后我实在没办法了，只能抓了她一下。哦！她很小，我从来

不知道那么小的女孩能够叫得那么大声！恰佩克先生，你应该把这些写进你的圣诞故事里：让小朋友们别拽猫的尾巴，不然我们就再也不跟他们玩了。”

“确实，小朋友们也经常会让我们不开心，”阿狗补充，“他们会拽我们的耳朵。我想说，那很痛。狗耳朵时刻处于警戒状态：小偷或者强盗只要发到一丁点声音，我们就会警报。亲爱的先生，我们的耳朵很脆弱。想象一下，一个小男孩走过来，他自己的耳朵都没有洗干净，却来拽你的耳朵，像拧拖把一样拧你的耳朵。有时候他还踩在你的爪子上，他踩得很重，你的爪子都快要断了。尽管我很善良，善良到骨髓（骨头里的骨髓，这个我懂）里，但我还是会发脾气，我站起来冲着小男孩吼叫：‘喂，小伙子，看着点！不然我咬你……’于是小男孩就逃走了，他哭了，还骂我坏。恰佩克先生，你应该也把这些写进你的圣诞故事：让小朋友们别拽狗的耳朵，别踩狗的爪子。”

“也让小朋友们别踩猫的爪子，别拽猫的耳朵，”阿猫补充，“我们也很痛。”“也让小朋友们别拽狗的尾巴，我们也不喜欢，”阿狗说，“就写这些吧，再给我们一些东西，就算报答我们了。”

由于是圣诞节，恰佩克先生给了阿猫一块圣诞节糕点和一些鱼内脏。阿狗不吃无花果、椰枣和橙子，恰佩克先生给了他一大块香肠、三块小奶酪和几块糖。“我的老天！先生，我们的价格很优惠，”阿狗和阿猫说，“但我们确实很想找些东西来塞牙缝。太感谢了，那么，向你致敬！圣诞快乐！别忘了把我们说过的话写进你的故事！”

他们两个高兴地回家了，恰佩克先生坐在他的办公桌前，他开始动笔了，他把阿猫、阿狗的话全都写进了故事里。

恰佩克先生真的写了阿猫、阿狗的话？他没写别的？“我们知道阿猫、阿狗说了些什么！”小朋友们回答，“如果恰佩克先生不写他们的原话，他就会被变成一块奶酪，我们就会看着他，不给他一块铜板！”啊，小朋友们，既然你们已经全都知道了，那么恰佩克先生就这样为故事结尾了，当阿猫、阿狗来帮恰佩克先生的时候，整个过程都已经写下来了，你们只需要再看一遍就行了。

阿狗和阿猫给小女孩们写信

正值一月，阿狗和阿猫躺在各自的小床上聊天。“我不想离开温暖的被窝，”阿狗说，“我喜欢冬天，特别是下雪的时候，但今年冬天太冷了。不知道你那边怎样，当雪落到我爪子上的时候，我的爪子会立刻冻僵，太难受了。冷死了……”

“我也是，”阿猫说，“确实讨厌。但你瞧，现在我的小爪子很暖、很烫，都快要冒烟了。天冷的时候，能够躺在床上真好。我不想起床。”

“嗯，”阿狗说，“我们可以一直躺在床上，我们可以在床上玩。”

“不行，”阿猫说，“我们又没有生病，怎么可以一直躺在床上？而且我们还收到了宁布尔克小女孩们友好的来信，已经好久了，我们该给她们回信了，不然她们会说我们赖床，会说我们自理能力差。快！起床写信！今天反正也没有事可做。”

“好吧，”阿狗说，“小朋友会看到我们起床了。给她们写了一封漂亮的信。你来写，因为你知道，我的爪子有一点笨，我来口述。”

“当然由我来写，”阿猫自豪地说，“当小朋友们写字不好的时候，人们会说，猫写得都比他们好，所以猫其实写得比很多小朋友都好。”

“是吗？”阿狗惊讶地说，“但宁布尔克小女孩们的字写得很好，我想说，和小猫写得一样好，我会给她们100分！其中一个小女孩，我已经不记得她的名字了，她写的就好像印出来的一样。”

“我写的也会像印出来的一样，”阿猫怯生生地反驳，“不过，我只会写大写字母，因为你知道，我没上过学，所以我没学过小写。但是别担心，我会写得很好、很漂亮。那将是猫能够写出来的最漂亮的字。我只是担心我们会写错别字。”

“那得请小朋友们原谅了，”阿狗说，“如果他们喵喵叫或者汪汪叫，他们也一定没有我们叫得好，他们也会犯很多错。”

“对，”阿猫说，“当小朋友们喵喵叫的时候，他们从来叫得不对。天啊，喵喵叫，要优雅、大方、甜美。小伙子，我告诉你，你必须注意那些声音的轻重，不然就会变得一团糟，没人能够听懂你在叫什么。”

“我也有话要说，”阿狗说，“当小朋友们汪汪叫的时候，哦，那样叫不对！老兄，想要学会汪汪叫并不容易：首先，必须让你的胸腔发出汽车的声音，然后快速地汪汪叫，像抽鞭子一样；同时，你还必须晃动脑袋，弓起背，抬起爪子。”

“记住，”阿猫说，“当你喵喵叫的时候，你要瞪大眼睛，微微倾斜你的脑袋，同时优雅地挺直身体。这些，小朋友们要在学校里学很久，但你瞧，猫不用学就会了。只有他们的老师能够这样，对她们来说，那很难！你试试看，

CHAIRES MA
DEMOAZELLE
NOU VOU REM ERSION
DE VAUTRE LAITRE, É
NOU VOU ZIN FORMON
KE NAUTRE CËNT THÉ
AIBONE ; NOU ZESSE
PERON KE VOU ZAUSSY
SALE UTASSION
CHAE E CHIEN

我打赌，你不会。”

“什么？我不会？”阿狗说，“听着：喵呜！喵！喵！喵！”

“就这样？这可不是喵喵叫，”阿猫说。

“你汪汪叫试试，”阿狗说。

“喵呜！喵呜！咪嗷！”阿猫叫道。

“你还在喵喵叫！”阿狗嘲笑道，“这可不是汪汪叫。”

“好吧，我们各有所长！”阿猫说，“我们快来写信吧，如果有错，那是因为我们从来没有上过学。小朋友们可以改正它们；如果需要，小朋友们也可以把我们的信抄在黑板上。”

“那么你来写，”阿狗说，“我来口述。”阿猫拿了一张椅子，根据阿狗的口述，为宁布尔克的小女孩们写了这样一封信：“亲爱的小女孩们，感谢你们的来信，我们一切都好。希望你们也是。祝好。阿猫和阿狗。”（每一个字都是错别字，前一页的图就是信件全文。）

“我觉得，”当阿狗写自己名字的时候，

阿猫说，“你写错了。”

“有可能，”阿狗承认，“那我划掉重写。可是，我已经不记得‘狗’字当中是一个‘口’还是‘日’了……”

“我从来只写‘日’，”阿猫说，“‘日’更柔和，让人们感觉更优雅。”

“既然你这么说，我就写‘日’了，”阿狗说。他签了名。

“穿多点，”阿猫说，“外面冷。”

当他们穿戴羊毛衫、大衣、围巾、手套和皮靴的时候，阿狗嗅了嗅，对阿猫说：“架子上的小奶酪真香，我饿了！”

“不许碰！”阿猫说，“从邮局回来之后，我们肯定会很饿，现在吃了，到时候就没了。”

“好吧！但它太香了，我饿坏了！”

“不行！”阿猫说，“从邮局回来之后才能吃。”

阿狗又渴望地瞥了一眼奶酪，然后关上了门。他和阿猫一起出发去邮局了。

天又下起了鹅毛大雪，今年已经下过好几场大雪了。在厚厚的积雪上面，人们可以滑雪、玩雪橇。雪太大了，就好像面粉从袋子的破洞里漏出来了一样。阿狗和阿猫拿着信，心里很高兴。他们得意地在雪地上前行，来到了邮局，然后阿猫让阿狗舔了舔邮票，他们把邮票贴在了信上，并用小爪子在上面拍了拍，最后把信扔进了邮筒里。“似乎现在四处都是雪，火车都开不动了，”阿猫说，“但我希望宁布尔克的小女孩们能够收到我们从布拉格寄出的信。”

他们走在回家的路上。雪不停地下，就好像一千只羽绒枕头同时在掉毛。“雪下得真大，”阿狗兴奋地说，“我们连路都看不见了。”

他们不停地走，他们的家消失了，雪已经没过了他们家的烟囱。

“天啊！”阿猫叫道，“我们的家在哪儿？找不到了！”

确实，他们不可能找到。到处都是雪，只有雪。雪太厚了，所有房子都不见了。“我们的小屋消失了！”阿猫难过地说，“现在我们去哪儿？家都没有了，我们还能做什么？”

阿狗看了看左边，又看了看右边，他看了每一个角落：到处都是雪。“太晚了，”他叹了一口气，“雪把什么都盖住了，我们不可能找到它了！现在我们住哪儿？我们去哪儿睡觉？在外面，我们会冻死的。”

“如果我们去宁布尔克，那些小女孩会收留我们吗，她们会照顾我们吗，她们会给我们找个庇护所吗？我们的家消失了，但宁布尔克很远！哎，我再也看不见我们的小屋了……”

“等等，”阿狗说，“我也看不见，但我好像嗅到了什么。我觉得，我嗅到了我之前很想吃的那块奶酪！”

“是它！”阿猫一边不停地嗅，一边高兴地说，“奶酪在哪里，我们的家就在哪里！”阿狗沿着气味不停地嗅，来到了奶酪气味最重的地方，他开始刨雪，直到烟囱露出来。“成功啦！”他大叫，“我们到家啦！我们的家在

那里，奶酪就在那里！”他冲进门，冲入房间，冲向了奶酪。“瞧，”阿猫说，“我说的吧，留着这块奶酪回来再吃，我们一定会吃得很香。哈哈！这块奶酪救了我们！”

他们友好地分享了奶酪，阿狗吃了大块，阿猫吃了小块。信已经写好，并送到了邮局，回来的路十分艰辛，雪并不友好，埋没了他们的家，但他们还是找到了家和他们家里的奶酪。他们开心地吃了奶酪，一边玩着捉迷藏、猫捉老鼠和军事训练，一边唱着：“冲啊！宁布尔克的小女孩们万岁！”

傲慢的睡衣

小朋友们，猜猜阿狗怎么了？

当阿狗、阿猫在蹦蹦床上跳跃、玩耍、翻跟头、做各种动作的时候，一块碎玻璃扎进了阿狗的爪子里。那只是一块很小的碎玻璃，但阿狗的爪子非常疼，连路都走不了了。

“哪个笨蛋、哪个冒失鬼把碎玻璃扔在了地上！”阿猫发起了牢骚，“这是什么行为？碎玻璃应该扫干净，否则，动物和小朋友赤脚踩到上面就会受伤，就会很痛，就会流血。阿狗，过来，我的小可怜，我的小可爱，我的小乖乖，我的小甜心，过来，我的小宝宝，我来把你送回家，治疗你的小爪子，包扎你的伤口。”

到家后，阿猫吹了吹阿狗的爪子，然后清洗、包扎了阿狗的伤口。“我怕它感染，”阿狗说。

阿狗靠在他的靠垫上，他的爪子已经被包扎好了。他等着看伤口是否会感染。

他等了很久，变换了各种姿势，但还是不能跑步，他终于不耐烦了。“我很无聊，不知道能干嘛。”他抱怨道，“我受够了。阿猫，求你了，跟我说点儿什么。”

“要我说什么？”阿猫说。

“讲一个故事！”阿狗说。

“什么故事？”阿猫问。

“好听就行，”阿狗说，“快说吧！”

“你想听睡衣的故事吗？”阿猫问。

“好，但故事要大团圆结局，”阿狗要求道。

“嗯，那么就说睡衣的故事，”阿猫说。于是她就开始讲了：

“从前有一件很穷的睡衣。她很可怜，既没有红条纹，也没有蓝条纹、黄条纹、绿条纹、紫条纹，她既没有圆形的绣花图案，也没有方形的绣花图案、星形的绣花图案、花叶形的绣花图案。她是全白的。但她很善良。一天，她去散步，遇到了另一件睡衣。

‘哇，有一件漂亮的睡衣！’穷睡衣叫道。

另一件睡衣很有钱，她的颜色很漂亮，上面有圆形、方形的绣花图案，还有各种条纹和圆点，她尽可能地打扮了自己。

‘啊，亲爱的睡衣，你很漂亮，我太喜欢你了！’穷睡衣对富睡衣说，‘来跟我玩吧！’

可是富睡衣很傲慢。

‘不，’她说，‘你既没有条纹，也没有圆点，你什么都没有，我不跟你玩！’说着，她就傲慢地离开了。”

“这件睡衣一点都不讨人喜欢，”阿狗说，“她不想跟穷睡衣玩！”

“是的！”阿猫说，“但当她独自玩耍的时候，一不当心，她把自己弄了一身泥！”

“哈哈，谁让她那么傲慢！”阿狗说，“你继续说！”

“而穷睡衣，她也很痛苦，”阿猫说，“她待在那里，很伤心。回到家之后，她坐在床沿，一直在想傲慢的睡衣拒绝和她玩的事情。这时，一个小天使飞过来对她说：

‘小睡衣，为什么你那么难过？’

‘我很痛苦，’穷睡衣说，‘因为我遇到了一件带有绣花图案、各种圆点、小草莓、方格和条纹的漂亮睡衣，我很喜欢她，我想跟她玩，但她拒绝了我，因为我很穷，没有她那样的绣花图案。’

‘别难过，’小天使说，‘把衣服脱下来，去睡觉吧，醒过来就没事了。’

于是这件睡衣就脱衣服睡觉了。

她睡着后，那个小天使叫来了其他小天使。他们开始为那件睡衣绣花，尽可能地绣上条纹、红色的圆点和方格，以及其他各种东西，然后他们把它仔细地熨好。大功告成之后，他们就飞走了。第二天早上，那件睡衣醒来穿好衣服之后并没有照镜子就出门散步了。在路上，她遇到了昨天拒绝和她一起玩的那件傲慢的睡衣。我们之前已经说过，傲慢的睡衣现在满身是泥，她并没有认出对方。‘多漂亮的睡衣啊！’她自言自语道，‘如果能跟我玩一起就好了！’

“我希望那件睡衣能够接受！”阿狗对阿猫说，“我希望她不要像另一件睡衣那样傲慢！”

“对，穷睡衣并不傲慢，”阿猫说，“尽管她很干净，身上已经有了圆点、方格和条纹。她对傲慢的睡衣说：‘当然可以，来和我玩吧，亲爱的睡衣！’”

“太好了，我很高兴她没有变得傲慢，”阿狗说，“那么，她们玩了什么？”

“嗯，她们玩了所有游戏，”阿猫回答，“布娃娃、买东西、当老师、猫捉老鼠、捉迷藏。她们编了花冠，建了小花园，玩了过家家以及各种她们能玩的游戏。直到她们玩够了，她们就躺上同一张床睡觉了。傲慢的睡衣不再傲慢了，她心想，她以后再也不傲慢了。后来，两件睡衣天天在一起玩，从不吵架，从不向对方发号施令。”

“太好了！”阿狗说，“我的爪子也不痛了。听你讲故事的时候，我把它完全忘了！”

多马日利采的小男孩们

阿狗和阿猫正坐在沙发上思考怎样玩耍，这时候，有人来敲门了。他们回答："请进！"恰佩克先生来了。

"看，谁来了！"阿狗说，"好久不见！你连我爪子受了伤都不知道。之前，我踩在了一片碎玻璃上。"

"我已经把它写进了阿狗和阿猫的故事，"恰佩克先生说，"这件事我当然知道。"

"睡衣的故事也是？"阿狗问，"你手里拿着什么信？"

"这就是我来这里的原因！"恰佩克先生说，"这是一封从多马日利采寄来的信，是几个小学的小男孩寄来的。你们看他们写了什么！"

能读出来的部分：

"亲爱的恰佩克先生！

我们是儿童俱乐部里的小朋友，我们很喜欢阿猫和阿狗的故事。亲爱的作家先生，快给我们再写一个阿猫和阿狗的故事吧，或者一个关于我们这些小男孩的故事。

多马日利采小学的小男孩们敬上。”

“太好了，很高兴小朋友们喜欢我们的故事，”阿狗说，“我们也很高兴现在小朋友们都冲着我们微笑，不再捉弄我们狗和猫，不再拽我们的耳朵或者尾巴了。那么，恰佩克先生，你就写一个关于多马日利采小男孩们的故事吧！”

“既然他们那么喜欢，我也希望你能写一个关于多马日利采小男孩们的故事，”阿猫说。

“可是我的天！”恰佩克先生叫道，“我都不认识他们，我也从不了解他们的生活，要怎样才能写出他们的故事啊！”

“怎么？”阿狗说，“小男孩就是小男孩，哪里的小男孩都一样！”

“是的！”阿猫说，“就好像小猫、小狗一样，有的更白，有的身上带有灰褐色的条纹，有的漆黑一团，有的是橙黄色或者花的，但他们都一样好动。”

“确实！”恰佩克先生开心地说，“那么我就写，在那些多马日利采的小男孩们当中，有一个更白，有一个带着灰褐色的条纹，有一个漆黑一团，有一个是橙黄色或者花的，他们都长着爪子，而且一样好动。”

“不，这不行！”阿猫说，“那些是多马日利采的小狗和小猫，只有他们才有爪子，多马日利采的小男孩们可没有爪子。”

“有了，”阿狗从沙发上跳了起来，“我们可以一起去多马日利采看一看那里的小男孩到底是什么样的！我的爪子已经不痛了，完全没问题了。”

“好！”阿猫说，“我也去！”

“我不能去，”恰佩克先生说，“我不行。”

“为什么？”

“我必须要写多马日利采小男孩们的故事！”恰佩克先生回答，“我没有时间去！”

“这容易，”阿狗和阿猫说，“我们去，然后把多马日利采小男孩们的情况全都告诉你，这样你就可以写了。”

阿狗和阿猫说着，就上路了。天气很好，阳光灿烂，到处都是小朋友，他们正在外面玩。阿猫、阿狗看到小男孩们和小女孩们都玩得非常开心。“等一下，”阿狗对阿猫说，“有些小男孩正准备玩猫捉老鼠的游戏，他们正在用儿歌挑选谁来当猫，我们去听一下。”

小男孩们围成了一圈，其中一个正在念儿歌：

噼里啪啦时刻表
叫啊喊啊大声闹
戏剧山羊啄木鸟！

阿狗非常喜欢这首儿歌，他独自走到小男

孩们中间，与他们玩起了猫捉老鼠。他很会玩猫捉老鼠，我的天，没人能够赢他！小男孩们不是他的对手：阿狗跳起来，一下子就逃远了，他比风还快，没有小男孩能够抓住他。但小男孩们和阿狗都很开心，他们打成了一片！他们叫喊、吵闹、吹口哨、呼喊、大笑，声音震耳欲聋。

阿猫看了一会儿阿狗和小男孩们，她也想玩。这时候，一群小女孩围成了一圈，准备在玩捉迷藏之前念儿歌。其中一个小女孩念道：

一块小肥皂
掉进了大水槽
把它浸水里
它就融化了
把它浸水底
它就消失了

相对于那些小男孩玩猫捉老鼠的儿歌，阿

猫更喜欢这一首。或者，其实只是阿猫更喜欢玩捉迷藏。没人能够藏得比她更好。她是捉迷藏的一流高手！

“既然阿狗去玩了，”阿猫自言自语道，“那我也有权力玩！”“小女孩们，和我一起玩捉迷藏吧！”她大声问那些小女孩。小女孩们同意了，于是阿猫就和她们玩起了捉迷藏。哦，小朋友们，阿猫真厉害！真机灵！她藏得很好，连她的半截尾巴小女孩们都看不到。她钻进小洞里，躲在了里面，这个淘气鬼就那样看着小女孩们到处找她。谁能和猫比赛捉迷藏？

阿猫和小女孩们玩得不亦乐乎。太开心了，太有趣了，她们闹作一团：欢笑、吵嚷、喧哗，最后，闹翻了天。为了让小天使睡觉，天使都关上了窗。

就这样，阿狗和小男孩们玩，阿猫和小女孩们玩，以至于他们都忘了时间，已经很晚了。太阳落山了。妈妈都在叫：“孩子们，吃晚饭啦、睡觉啦！”

阿狗和阿猫突然意识到，他们该去多马日利采了，已经很晚了。

“我们被耽搁了，”阿猫说，“哦，天啊！捉迷藏的时候，我真开心！我笑得肚子都痛了！叫得嗓子都哑了！”

“我也是，”阿狗说，“你不知道我们猫捉老鼠玩得多开心！但现在很晚了，我们来不及去多马日利采了。”

“嗯，没法去了，”阿猫说，“马上就要入夜了，去多马日利采的路很长。我们回家吧，反正我们也没走多远。我们只走了几步路，一看到小朋友们我们就停下来跟他们玩了。其实，只要一看到有人在玩捉迷藏，我就会情不自禁地跟他们一起玩。”

“我也是，只要有人玩猫捉老鼠的游戏，我也会情不自禁地加入，”阿狗说，“可是，我们该怎么向恰佩克先生交代呢？”

“我们瞎说，”阿猫说，“就说我们去过多马日利采了。”

“好，”阿狗说。他们调头往回走，马上回到了家。

“怎么样？”恰佩克先生问，“在多马日利采还好吗？”

“非常好，”阿猫说，“但那里很远，我们直到现在还在气喘吁吁。”

“我发现了，你们都在喘气，你们一定是跑回来的！那么，多马日利采的小男孩们呢？他们还好吗？”恰佩克先生问。

“多马日利采的小男孩们？”阿狗说，“他们无与伦比！”

“是吗？”恰佩克先生疑惑地问，“他们和其他地方的小男孩不同？”

“对！这必须要说！”阿猫说，“那些小男孩是这样的，我来告诉你，当我看见他们的时候，我惊呆了！”

“我也是，恰佩克先生，我也惊呆了，”阿狗说。

“竟然有这种事！”恰佩克先生惊讶地说，

“那些小男孩有什么不同吗？”

“这正是我们想要跟你说的，你应该立刻把它写进去，”阿猫说。

“好，”恰佩克先生说着就拿起了笔，“你们说，我听着。”

“记好了，”阿猫说，“多马日利采的小男孩们都有一个圆脑袋……”

“……脑袋上面长头发，”阿狗说。

“两只眼睛中间，有一个鼻子，”阿猫继续说。

“鼻子下面有一张嘴，注意，他们的嘴可以打开！”阿狗解释道。

“他们有一段躯干，一头接着脑袋，一头接着脚，”阿猫说。

“记住：他们的脚踩在地上！”阿狗说。

“我来告诉你这些小男孩怎么走路，他们总是一脚在前，一脚在后。”阿猫继续说。

“小坏蛋！”恰佩克先生生气地说，“我把你们说的全都记下来了，但你们看：这些小男孩和其他小男孩没有什么两样！你们在捉弄我！”

“捉弄你？可以说是，也可以说不是，”阿猫微笑着说，“因为很简单，这些小男孩确实和其他小男孩没什么两样！”

“既然多马日利采的小男孩和其他小男孩没什么两样，那么他们一定也和多马日利采的狗玩猫捉老鼠，和多马日利采的猫玩捉迷藏。”阿狗说。

“完全正确，”阿猫说，“他们也有球，也有踏板车，也有小火车，也有积木，也有小汽车，也有布娃娃，也有彩色蜡笔，也有风筝，也有各种玩具。他们爱玩爱闹，爱吵爱叫，和全世界的小男孩、小女孩一样。”

阿狗和阿猫做蛋糕

明天是阿狗的节日和阿猫的生日。

所以小朋友想为阿猫和阿狗准备一份惊喜。他们正在思考可以送阿狗和阿猫什么，为阿狗和阿猫做什么，突然，他们想到了：“那么！我们来为他们做一个蛋糕吧！”

说做就做：他们拿来了模子，做了一个漂亮的沙子蛋糕。他们在上面放了五块漂亮的石头作为杏仁。蛋糕就好像真的一样。

然后，他们就带着蛋糕去找阿狗和阿猫。“为了庆祝你们的生日和节日，我们要送你们一个蛋糕。蛋糕很好吃，你们可以把它吃得精光。”

阿狗和阿猫接过蛋糕，他们闻了闻，说：“真香，一定很好吃，你们是真正的大厨。”他们假装吃了蛋糕，“非常感谢，”他们对小朋友们说，“我们从来没有吃过那么好吃的蛋糕。”小朋友们都很开心，然后他们就回家了。

“可惜，狗和猫都不吃沙子，”小朋友们走后，阿狗对阿猫说，“我很想尝一下这些好看的蛋糕，但要真的，一个真正的真蛋糕！”

“我也是，我也想吃真蛋糕了，”阿猫回答，“既然明天是我的生日，你的节日，我们应该做一个！只是我不知道怎么做节日蛋糕！”

“太好了！”阿狗说，“这容易，我知道怎么做真的蛋糕！你把好吃的，所有喜欢的全都放在里面，然后，蛋糕就会变成好吃的蛋糕了！比如说，如果你放了五样好吃的，你的蛋糕就会好吃五倍，如果你放了十样，你的蛋糕就会好吃十倍。我们放了一百样，就能做出一百倍好吃的蛋糕了。”

“太对了，”阿猫说，“做一个一百倍好吃的蛋糕。”

阿狗和阿猫带上了围裙开始制作蛋糕。

他们拿来了面粉、牛奶、鸡蛋，将它们搅拌均匀。“蛋糕应该是甜的，”阿猫说。然后她倒入了一些砂糖。“还有一点咸，”阿狗说。

他又放了盐。“现在放入黄油和果酱，”阿猫说。“果酱？不！呸呸！”阿狗说，“别放果酱，放奶酪，我喜欢奶酪！”说着，他们放入了奶酪。“我觉它还不够腻，”阿猫说，“要加一点猪皮。”“还有榛子，”说着，阿狗倒入了满满一袋。“榛子？好，”阿猫赞同，“但别忘了黄瓜。”她又放了一根黄瓜。“还有骨头，”阿狗大叫，“我们不能忘了骨头！”“哦，对，当然，老鼠！”阿猫说，“我太喜欢吃老鼠了。”她往蛋糕里加了四只老鼠。“好吧。那现在，我要放入一些辣香肠，”阿狗说。他加入了一些香肠。“别忘了重要的，”阿猫说，“掼奶油。要吧？”他们放入了一整罐掼奶油。“再放点洋葱，”阿狗说。他又放入了洋葱。“还有巧克力，”阿猫说。她加入了巧克力。“差点忘了肉汁，”阿狗说，他们倒入了肉汁。

于是，他们把所有能放的东西全都放进了蛋糕里。他们放了大蒜、胡椒，还有猪油、糖果、肉糜、桂皮、白切肉、白奶酪、糕饼和醋、

可可和卷心菜、一个鹅头和一些葡萄干。总之，他们尽可能地把各种东西加进了他们的蛋糕。他们没有加面包，因为正好阿狗和阿猫都不那么爱吃面包。

他们不停地搅拌那些东西，蛋糕大得像一个卡车轮胎一样。“天啊！这才叫大蛋糕：那将是一顿饕餮盛宴！”他们自豪地说，“现在，开始烤！”

他们把蛋糕放进了烤箱，急切地等它被烤好。蛋糕冒烟、冒泡、嗞嗞作响，开裂、继续嗞嗞作响、释放着水汽。它被烤得滚烫，散发出破布燃烧时散发的那种黑烟。

阿狗和阿猫觉得蛋糕应该已经烤好了，于是就把蛋糕抬到了门口冷却。“既然小朋友们为我们好心地送来了他们的蛋糕，”阿猫对阿狗说，“我们也应该邀请他们吃我们的。”“好，我们走，”阿狗说，“请他们去。”

说着，他们就手拉着手去邀请小朋友们了。小朋友们正在花园里玩弹珠。阿狗和阿猫邀请

他们去吃蛋糕，他们还一起玩了一会儿弹珠，又玩了一会儿足球和骰子。

这段时间里，一只坏狗从正在冷却的蛋糕旁路过，他闻到了各种东西的气味。“啊！”坏狗自言自语道，“好香啊！这里一定有什么东西可以让我饱餐一顿！”

他不停地嗅，终于，他发现了阿狗和阿猫的蛋糕。“啊！”他发现蛋糕后，自言自语道，“好吧，好吧，现在，吃了它！”

坏狗跳上了蛋糕。他不停地吃，吃得流出了眼泪，因为蛋糕里面还很烫。他继续吃，噎住了两三次。他还在不停地吃，整个蛋糕都被他吃完了。他又喝了一整桶水，然后摇摇晃晃地走了。

阿猫、阿狗和小朋友们在花园里玩完游戏之后想起了他们的蛋糕，于是他们手拉着手去看蛋糕是否已经冷却了。“哦！小朋友们！快来吃吧！”阿狗和阿猫说，“我们在蛋糕里放了好多好吃的东西。”

他们来到那里一看，咦？蛋糕不见了！“天啊！”阿狗和阿猫大叫，“我们的蛋糕不见了！有人把它吃了！”他们这里看看，那里瞧瞧，在一堆灌木丛里发现了一只正躺在那里叹气的大坏狗。他吃得太多，现在他很恶心，肚子很痛。“好痛！好痛！”那只坏狗呻吟道，“我吃掉了蛋糕里所有好吃的东西，所以我现在肚子很痛。”“哈哈，活该！”阿狗说，“你不应该碰那个蛋糕，它不属于你。”

“瞧，”阿猫说，“这只坏狗吃了我们的蛋糕，但我并不生气。如果我们吃了那个蛋糕，可能肚子痛的就是我们了，那么你的节日和我的生日就要泡汤了。”

“没错，”阿狗说，“就让这只坏狗继续呻吟、叹气吧，这是他咎由自取。可是，我饿了，我想随便吃点什么。但我们已经没有吃的了，我们把所有能吃的全都放进了蛋糕。我可不想在我的节日饿着肚子！”

“别难过，阿狗！别难过，阿猫！”小朋

友们说，“来我们家，我们分给你们吃。”

于是阿狗和阿猫就去小朋友们家吃饭了。妈妈告诉小朋友们:“马上开饭啦！”小朋友们对她说:“妈妈，今天是这只狗的节日，这只猫的生日，我们应该分给他们吃一些我们的菜。”他们分给了阿狗、阿猫一些菜：一点汤、一点肉和一点土豆肉肠。另外，妈妈还为他们拿来了前一天剩下的蛋糕。

阿狗和阿猫发现那些东西很好吃。他们感谢小朋友们请他们吃饭,然后高兴地回家了。“我们的节日和生日过得太美妙了,”他们开心地说，“真好吃！而且不用肚子痛。”

当阿猫、阿狗到家的时候，大坏狗还在灌木丛里叹气、呻吟。阿狗和阿猫就去睡觉了，他们为他们的生日和节日过得如此美妙而感到高兴。

至于那只吃了他们蛋糕的坏狗，他继续在灌木丛里叹气、呻吟了两个星期。

阿狗和阿猫与哭泣的布娃娃

一个下雨天，又湿又冷，阿猫和阿狗无法出门，所以无事可做。于是他们开始聊天。

“阿猫，”阿狗说，“我觉得我们也应该像小朋友们那样有几个玩具。如果下雨，就像今天这样，我们至少有东西玩。”

“玩具？我可不需要，”阿猫说，“如果我想玩，有一团线、一片纸就足够了。但我知道有些小朋友有很多玩具，他们甚至都不知道怎么玩，他们只是把那些玩具扔得满屋子都是。”

“哎！”阿狗说，“那些玩具都很好看，太浪费了，他们不珍惜他们的玩具，把它们弄脏、弄坏、弄破了！只能说，那样很丢脸！”

“淘气的小朋友！”阿猫说，“我看到，那些玩具都已经报销了！如果小朋友们不珍惜，就不该再送他们玩具做礼物。如果猫和狗有玩具，我们一定比那些冒失鬼照顾得更好！”

“那当然！”阿狗补充，“虽然也有淘气的狗和猫，他们也不会好好地照顾玩具，但首先，他们的玩具并不多，而且对于小朋友们来说，这更糟糕，因为他们应该比小狗小猫更聪明。”

阿狗和阿猫睡前一直讨论着淘气的小朋友，然后，他们一觉睡到了第二天早上。

当他们醒来的时候，阳光灿烂，雨已经停了。

“太阳出来了，”阿狗对阿猫说，“我们出去吧！”但他们一出门，就听到了轻轻的哭泣声。

“谁在那里嘤嘤哭泣？一只小鸟？”阿狗问。

“不是小鸟，小鸟从不哭得那么轻，”阿猫说，“可能是金龟子生病了。”

“或者是蝴蝶在哭，”阿狗说。

“也可能是一朵花折断了，”阿猫说。

他们四处搜寻，终于发现了谁在那里嘤嘤哭泣。他们看到了什么？被雨水打湿的草丛深处，在一堆荨麻底下，躺着一个布娃娃。应该是一个小朋友把她丢在了那里。布娃娃已经在那里躺了好几天了，雨落在她身上，她的衣服全都湿透了，她的额头有些凹凸不平。她很饿，有一点咳嗽。她很孤独，很害怕。

“为什么你要哭？”阿狗、阿猫问。

“因为我很难过，”布娃娃说，“小女孩把我落在了这里，她把我弄丢了，她忘记了我。我很饿，独自待在这里，我也有一点儿害怕。”

“小可怜，我们也为你难过，”阿狗说，“如果那个小女孩就这样把你落在这里，她一定不是一个好妈妈。不应该这样对待小朋友和布娃娃，你们都还小，而且没有自我保护能力。”阿猫也说：“你看，我们真的很难过，既然那个小女孩不要你，那我们把你带回家吧。”

阿狗和阿猫捡起了被遗弃的布娃娃，小心翼翼地把她带回了家。布娃娃停止了哭泣，她很高兴自己不用再孤单了，不用继续在草丛里担惊受怕了。

“这下好了，”阿狗和阿猫高兴地说，“我

们现在也有我们自己的布娃娃了，我们找到了她，她就是我们的孩子！”

阿猫脱掉了布娃娃的湿衣服，因为上面全是泥土。阿猫清洗了它们，然后又把它们放在太阳底下晾干，使它们成为了干净的衣服。为了让布娃娃更暖和，阿狗让她躺在了一张床上，给她送去了一小块面包和一小罐牛奶。布娃娃吃完之后，就沉沉地睡去了。

为了不吵醒布娃娃，阿狗和阿猫蹑手蹑脚地围着小床转圈圈，想到他们现在有了一个属于自己的孩子，他们都很高兴。阿猫对阿狗说：“阿狗，我要跟你说，现在我们有了孩子，我们要好好地照顾她。”

“那当然，”阿狗回答，“我们一定做的比那个坏妈妈、那个把她扔在草丛里的淘气小女孩更好！待在我们家，布娃娃一定会非常开心的。哦，天啊，我们可不会把她扔在草丛里！”

“我们会让她干干净净的！”阿猫说，“你知道，我们猫喜欢用打扫屋子、清洁皮毛来打

发时间。那好，我来负责清洁她。哎呀！阿狗！可是我们忘了一件事！我们没有玩具给她玩，她肯定喜欢玩具。但去哪里找那些玩具呢？我们家有吗？”

“呃！”阿狗说，“在我们家找玩具，这有点难。”

“必须找到！”阿猫说，“我们得想一想。”

于是，阿狗和阿猫开始思考怎样为布娃娃找玩具。他们想不出，又不会做。小朋友们都不会做玩具，狗和猫怎么会呢？至于趁小朋友们尽情玩耍时悄悄地偷他们的玩具，那当然不行！这种事阿狗和阿猫绝不会去做！

阿狗不停思索，终于，他想到了。“有了！”阿狗高兴地叫道，“我有办法了！”

“别叫那么大声！”阿猫小声说，“会吵醒我们的孩子的。”

“好，你过来，我跟你说，”阿狗小声地对阿猫说，“昨晚，我们不是刚说起小朋友们到处乱扔、乱放、乱丢他们的玩具吗？今天，我们不是刚捡到这个可怜的布娃娃吗？我想再去捡一个小朋友们丢在路上的玩具，然后送给我们的布娃娃！”

“太棒了！”阿猫高兴地说，“去看看，好好找，说不定你就能找到一个被遗弃的玩具送给我们的布娃娃。”

阿狗出发了。他上下左右，四处寻找。小朋友们，你们一定想不到他找到了多少东西！你们一定不知道你们毁坏、丢失、遗弃了多少玩具。你们把它们落在路边，但阿狗找到了它们。他在草丛中找到了一只足球、一些做沙子面点用的蛋糕面包模具、一些玻璃珠、一些彩色骰子、一些玩过家家用的餐具，这些都是小朋友们扔掉的。他还找到了布娃娃用的一个炉灶和一个餐桌、大量图片、一只口哨、两个沙锹、一些木头小屋和小树、一些木头小动物。他找到了太多东西，已经拿不下了。

“我的天！”他惊讶而又高兴地说，“有那么多玩具给我们的布娃娃！”他把这些全都

带回了家，阿猫惊讶地看着。“天啊，小朋友们扔了那么多玩具！”阿猫一边拍手一边说，“我也要去看看！阿狗，你知道，我能搜索一些你进不去的地方。我一定也能找到很多东西。”

阿猫出发了。她检查、搜索了各个小角落。哦！小朋友们，她找到了各种各样的东西，很多你们落在路边、扔在路边、丢在路边的东西！在围墙边，她找到了一个小印章和一个折断了的花洒；在荨麻丛里，她找到了积木；在草坪上，她找到了布娃娃用的小鞋子和小袜子，一本故事书、一些图片、一块手帕、一些彩色的布、线，另外，她还找到了一块十字绣、一根钝头不扎人的针、一个给布娃娃玩的很小的布娃娃、一只带羽毛的球、彩纸、一个木环和另一些过家家的餐具。天啊！她找到了如此多的东西，已经拿不下了。

她带着这些回到了家，太多东西了，她甚至可以和阿狗开一家玩具商店了。他们把这些全都放在了那个先前被小女孩扔在草丛里的布

娃娃的小床周围。布娃娃醒了，她看到周围全是玩具，非常高兴。她更喜欢阿狗和阿猫的家了。她不停地和阿狗、阿猫一起玩那些玩具，她根本玩不过来那么多玩具。阿狗和阿猫叫她雅兰卡，他们很喜欢她，她也很喜欢他们。她住在他们家很开心，从来不想她之前的妈妈——那个把她扔在荨麻丛里的淘气小女孩。至于阿狗和阿猫带来的那些玩具，她都精心地照料它们，不损坏、不乱扔、不乱放、不乱丢任何一个玩具。

所以，在全世界所有小朋友和布娃娃当中，这个被遗弃在草丛里的可怜布娃娃反倒拥有了最多的玩具。

阿狗和阿猫演戏

阿狗和阿猫想去外面找小朋友们玩，但外面没有小朋友。

“小朋友们都不在外面，”阿狗问，“怎么了？小帕维尔、小维耶拉、小耶诺特、小斯拉沃米尔、小约瑟夫和小海伦娜都去哪儿了？小卓拉、小耶尔叶、小米莱克、小奥托、小阿莱娜和小波约娜都去哪儿了？其他小朋友呢？”

“他们在哪儿？”阿猫问，“你真不知道？今天要上课！他们都上学去了，更小的去幼儿园了。”

“啊！”阿狗说，“我以为今天是星期天。”

“但是耶诺特和维耶拉没有去上学，”阿猫说，“他们正在咳嗽，他们感冒了，他们得待在家里。”

“耶诺特和维耶拉？”阿狗惊讶地说，“他们两个都是好孩子，我很喜欢他们。阿猫，既然他们无法出门，我们去探望一下他们吧，这样可以让他们好受一些。”

“好，”阿猫说，“那我们也带上为了让家里更热闹而收养的布娃娃雅兰卡。”

他们于是牵着雅兰卡的手去探望耶诺特和维耶拉。耶诺特和维耶拉正在咳嗽，他们感冒了，他们得待在家里。他们的脖子上戴着围巾，十分无聊。

“我知道待会儿跟那两个小朋友玩什么了，”路上，阿狗对阿猫说，“演戏。”

他们来到了那两个小朋友的家，耶诺特和维耶拉正在床上吵架，因为他们已经玩过了所有他们可以玩的游戏，他们不知道还能玩什么。

“小朋友们，你们好！”阿狗和阿猫说，“我们来为你们演戏了。”

维耶拉和耶诺特非常高兴，他们舒服地靠在床上，等待阿狗、阿猫开演。

“叮铃叮铃叮铃，要开始了，”正要开演的阿狗、阿猫得意地说。

阿猫宣布:“我来演王后,阿狗,你来演国王,我们的布娃娃雅兰卡来演我们的女儿,也就是公主。”

他们于是把围裙系在脖子上当作皇家的拖地披风,接着,他们又挂上了丝带,他们就这样装扮好了,趾高气昂地走出来,然后坐在小椅子上假装喝咖啡。但阿狗叹了一口气,说:

“我的王后,我今天不想喝咖啡,我很难过。”

“怎么了,我的国王?”阿猫问。

“虽然我是金国、银国和钻石国的国王,统领着十多座山、十多条河、蓝海、黄海和绿海,但我们没有女儿、没有公主,国王需要女儿,需要公主。所以我很难过。”

“我的国王,我给你一个建议,”阿猫说,“我知道哪里有公主。她在遥远的白国,黑国的另一头,我可以开车买下这个女儿。”

于是阿猫提着一个盒子当作她的行李箱,假装上车出发了。国王阿狗仍旧坐着,假装喝他的咖啡，不停地重复，他正非常高兴地等待着他的公主到来。

阿猫把布娃娃放进盒子，发出“嘟嘟嘟”的声音，然后她的车停了下来。

“阿狗，你看，我把公主带回来了，我花了一百块。”

“我不是狗，我是国王，”阿狗说，“你应该知道的，而且你也是王后。”然后他把布娃娃抱在了怀里。得知有了一个公主，他心里尤其高兴。

“我们得把她抚养成人，”他说，“我的王后，公主需要接受良好的教育。她要学所有她该知道的东西，还要学弹钢琴和做饭。”

“叮铃叮铃叮铃，”阿猫对小朋友们说，“暂时告一段落，当铃声再次响起的时候，我们的戏就会继续。”

阿狗和阿猫躲进小角落里，他们要为下一段故事换装。

他们脱下了皇家披风，阿猫在头上系上了

一条方巾，阿狗披上了一块破布。“叮铃叮铃叮铃”，戏又开始了。

“我不再是国王了，阿猫也不再是王后了，”阿狗向小朋友们宣布，“我们变成穷人了。”

“你不再是国王了，我也不再是王后了，”阿猫说，“我们变成穷光蛋了，你是穷得叮当响的乡巴佬，我是穷得叮当响的土包子。我的丈夫，我们吃什么？我们连面包都没有！如果没有吃的，我们的女儿怎么办？”

“我们该把她送进森林里，”阿狗说，“说不定有人会收留她。”

他们一边假装哭泣，一边带着布娃娃走进了森林。“我们把她带进了森林，但如果有狼要来吃她，那该怎么办？”阿狗说，“如果遇到好人家，我们就把她卖给他们，他们有可能想要这个孩子。”

他们带着布娃娃向小朋友们的床走去。“现在轮到你们了！”阿狗对耶诺特和维耶拉说，“你想要一个小女孩，所以你们买下了她。”

“这里有人家！”当阿狗带着布娃娃来到维耶拉和耶诺特床前的时候，阿狗欢呼，“你好！先生！你好！女士！你们想要小女孩吗？”

“求之不得！”维耶拉说，“正好我们想要买一个！”

“你们的女儿会什么？”耶诺特问。

“什么都会，”阿狗说，“她会做饭，会做家务，会洗衣服，还会翻跟头。”

“这样的小女孩正是我们需要的，”小朋友们说。

“她还会别的吗？”维耶拉又问。

“她还会很多，”阿猫回答，“她会睡觉、吃饭，会休息，会坐着，会躺着，如果我们帮她，她甚至还会翻墙。”

“即使掉下来，她也不会哭，”阿狗说。

“这样的小女孩正是我们正在寻找的，”小朋友们说，“卖多少钱？”

“不用，”阿狗说，“既然你们喜欢，我们就送给你们了。”

小朋友们还有另一个布娃娃，一个穿着红蓝相间衣服的小男孩。他们说他是王子，他们要让他娶那个布娃娃，所以他们要筹备一场婚礼。为了婚礼，阿狗和阿猫又重新把他们的围裙、他们的皇家披风系在了脖子上：他们重新变回了国王和王后。

阿狗和阿猫和两个小朋友一直把戏演到了第二个星期。小朋友们彻底痊愈了，他们可以出门了。那天正好是圣尼古拉节。

耶诺特对维耶拉说：“维耶拉，我们应该感谢阿狗和阿猫，我们生病时，他们一直来为我们演戏。我想把自己装扮成圣尼古拉，把你装扮成天使，我们一起去探望阿狗和阿猫吧，我们要为他们送去小礼物。”

说着，耶诺特和维耶拉就穿上围裙和白长袍。为了变成圣尼古拉，耶诺特戴上了棉花做的白胡子和纸做的高帽子。然后他们就出发了。由于担心阿狗和阿猫会被吓坏，他们并没有按照习俗让魔鬼跟着他们。

小朋友们敲了门，然后走进了屋子，他们很高兴，认为当阿狗和阿猫看到圣尼古拉和他的天使来探望他们的时候，他们一定会大吃一惊。天啊，但事实上，那两个小朋友更加吃惊！因为他们并没有看见阿狗和阿猫，倒是撞见了另一个圣尼古拉和另一个天使。两个小朋友都被吓坏了，他们自言自语：“糟了！一位天使和一位圣尼古拉！阿狗和阿猫去哪儿了？”

小朋友们没有想到，阿狗和阿猫也可以装扮成天使和圣尼古拉。这个主意不错，阿狗和阿猫想要给小朋友们一个惊喜，但他们刚刚扮好正要出发，圣尼古拉和他的天使就已经过来敲门了。

此时此刻，他们都没有认出对方，所以大家都手足无措！小朋友们很害怕，他们想要逃跑，阿狗和阿猫也想躲到他们的床底下。但是阿狗发现，白胡子圣尼古拉的拖鞋和耶诺特的拖鞋一模一样，天使也穿着维耶拉的鞋。而耶

诺特呢，他发现了什么？他发现圣尼古拉长着毛茸茸的狗爪子，那个天使长着猫爪子。

他们认出了对方，终于明白了根本没有两个圣尼古拉，他们是耶诺特和阿狗，也没有两个天使，她们是小维耶拉和阿猫。他们笑了，笑得太开心，连圣尼古拉的胡子都笑掉了。他们交换了礼物，阿狗送了耶诺特几颗无花果，阿猫送了维耶拉几颗椰枣，耶诺特送了阿狗一只木头小狗，维耶拉送了阿猫一只木头小猫。他们从来没有那么高兴过，他们一起愉快地度过了圣尼古拉节。

约瑟夫·恰佩克

约瑟夫·恰佩克(1887 – 1945)的人生和著作一直被其弟、剧作家卡雷尔·恰佩克的盛名掩盖，后者在科幻小说《罗素姆的万能机器人》中创造了 Robot 一词，也是精彩的科幻批判小说《大战蝾螈》的作者。然而，约瑟夫的谦逊与质朴，以及他不引人注目的才华也让他成为了一位感人肺腑的艺术家。由于鲜有读书天分，他的父母安排他成为工人。但就在当织工的同时，他参加了一些绘画课程，从而激发了他真正的才华。于是，1907 年，当他与家人——母亲、喜欢自然和写生的乡村医生父亲、姐姐和小卡雷尔——团聚的时候，他做出了去布拉格学习雕塑的决定。约瑟夫与卡雷尔难以被拆散，他们一起融入了布拉格的艺术圈，一起合写剧本和新闻、一起当记者、一起旅行。1911 年到 1912 年间，他们来到巴黎：卡雷尔在索邦大学学习哲学，约瑟夫在特罗卡德罗博物馆继续他的绘画课程、研究部落艺术。回到布拉格之后，他们参加了一些艺术社团的活动，并于1921年一起进入了开明大报纸《人民新闻》的编辑部。四年后，他们清理了维诺赫拉迪区的一幢双体别墅，在那里，他们与两次世界大战间隔期的捷克知识界聚会，献身于他们共同的事业——园艺。

婚后，他成为了一个女孩的父亲。阿莱娜生于1923年。约瑟夫·恰佩克把他的大部分绘图作品献给了儿童。他为作家朋友的大量书刊配图，并效仿孩童，以简洁、朴实的手法绘画系列作品。他的油画同样质朴：初期，他深受表现派和立体派影响，与先锋派决裂，醉心于带有世俗气的简约风格，创作了乞丐、妓女、“男孩”和各种平凡人的肖像以及大量恐慌的表情。二战前夕，他还加紧完成了一幅带有明确反法西斯倾向的政治绘画。德国人并没有忘记他，他于1939年9月1日被捕，并在达豪集中营、布痕瓦尔德集中营、萨克森豪森集中营和伯根-

贝尔森集中营中度过了战争。1945 年 5 月，人们失去了他的音讯。他的弟弟卡雷尔死于 1938 年圣诞节，以不合常理的方式逃过了一场浩劫。

《阿猫和阿狗》创作于 1926 年，并持续获得好评。由于生活方式更像大人，举止却更像孩子，亦人亦动物的两可形象让孩子们倍感亲切。狗和猫、孩子和大人一并成为了主角，我们很容易从中找到自己。捷克的每一代人，无论小孩，还是为孙辈讲故事的爷爷奶奶，都十分钟爱这些故事。